I0686698

ÉVÉLINA

OU

AVENTURES

D'UNE JEUNE ANGLAISE.

ÉVELINA

OU

Aventures

d'une Jeune Anglaise,

PAR M. R. M.

TOME SECOND.

———

A PARIS.

CHEZ AUBRY, LIBRAIRE, PALAIS DE JUSTICE.

DE L'IMPRIMERIE D'AUBRY.

PROPRIÉTÉ DE L'ÉDITEUR.

ÉVÉLINA,

OU

AVENTURES

D'UNE JEUNE ANGLAISE.

CHAPITRE VIII.

Suite de malheurs. — Projets sinistres. — L'amour creuse son tombeau pour déchirer ensuite un cœur paternel. — Combat sanglant heureusement terminé.

———————

DANS sa marche incertaine et toujours infructueuse, Amédée, tournant insensiblement ses pas vers les lieux où il avait laissé Evélina, semblait vouloir justifier ma prophétie, tandis que les soldats anglais terminaient leur sinistre

1 *

conseil. Ils ne pouvaient appaïser la soif du sang qui les dévorait sur un ennemi qu'ils n'apercevaient plus, et devant lequel ils avaient fui; mais ils apprirent, par un sauvage des environs, que non loin de là il existait un gros village écarté, dont les habitans avaient, plus que partout ailleurs, conservé de l'attachement pour la France, ce qui les rendaient partisans secrets des Américains, qu'ils supposaient faire cause commune avec les Français. Il ajouta que ce village avait pour prêtesse une jeune personne arrivée depuis peu, et qui parlait français. Comme les méchans exagèrent toujours, ils prétendirent qu'elle n'était vraisemblablement qu'un espion du gouvernement des Etats-Unis, et que c'était de là que partaient les renseignemens qui avaient mis les Américains à même de battre le détachement anglais qui avait été envoyé contre eux. Quoique ce rapport fût dénué de toute apparence de vérité, on n'est jamais si disposé aux basses vengeances qu'à la suite d'une défaite, et les soldats anglais l'accueillirent en poussant des cris de fureur.

Ils ne se proposèrent rien moins que d'aller mettre sur-le-champ le village à feu et à sang, et d'en massacrer tous les habitans, sans distinction d'âge, ni de sexe.

Leur commandant, qui était un ancien guerrier, aussi estimable que brave, fut bien loin de partager la furie d'une soldatesque effrénée. Il menaça même de punir avec toute la sévérité de la discipline militaire, quiconque oserait se permettre le moindre excès; mais il jugea à propos, pour la sûreté de la grande armée qui s'avançait, d'imprimer aux habitans de ce village une crainte salutaire, se promettant de borner là tous ses projets de vengeance. En conséquence, il se mit de suite en marche vers le lieu qui lui fut indiqué.

Cependant un homme égaré de la troupe d'Amédée, avait entendu, caché derrière les buissons, le rapport du sauvage, et les projets destructeurs des soldats anglais. Il fut assez heureux pour rejoindre ses camarades très-peu de tems après, et il s'empressa de faire part à son commandant de tout ce qu'il venait d'apprendre.

Une semblable nouvelle était de nature à produire sur Amédée un effet pareil à celui de la poudre. Ah ! les monstres, s'écria-t-il aussitôt en mettant la main sur la garde de son épée, ils n'exécuteront pas leur abominable projet, et si Evélina existe encore au lieu où j'ai

(9)

eu la barbarie de la quitter , du moins
volons à son secours, et arrivons à tems
pour la sauver ! Ne croyez pas que pendant cette exclamation il se fût arrêté
pour invoquer le ciel , il savait trop bien
que Dieu a dit : *Aide-toi, je t'aiderai*;
si bien , qu'en même tems qu'il parlait,
il marchait, ou plutôt il courait de toute
sa force. Ses gens le suivaient de très-
près, la plupart sans savoir pourquoi,
comme cela arrive ordinairement , et
comme il n'est pas à présumer qu'ils ra-
lentiront leur marche, ils arriveront bientôt au village où habite Evélina.

De son côté, le commandant anglais,
qui n'arrêtait jamais un plan sans le mettre à exécution , prenait également la
même direction. Sa marche, quoique
moins rapide, n'en atteindra pas moins
le but qu'il se propose, de manière qu'A-
médée et lui doivent nécessairement se

rencontrer, et même être opposés l'un à l'autre.

Mes lecteurs qui seront fatigués de lire, et qui se reposeront à cet endroit, pourront faire, à ce sujet, toutes les conjectures qui leur paraîtront les plus vraisemblables. Moi, qui ne m'ennuie pas d'écrire, je vais continer de le faire pour l'amusement de ceux qui voudront continuer à lire.

Il n'est personne, sans doute, qui ne soit curieux de savoir ce qu'est devenue Evélina. Eh bien! je vais vous l'apprendre.

Evélina ne se faisait pas un reproche de sa rigueur, qui n'était que sa vertu ; bien loin de là, elle s'en félicitait tous les jours davantage. Mais le sentiment d'une conscience pure dédommage-t-il en amour des tourmens de l'absence, et surtout de la perte de l'objet aimé ? Voilà sur quoi je n'oserais prononcer ; et même d'après la profonde douleur dont Evélina fut pénétrée après le départ d'Amédée, je serais tenté de penser le contraire. Cette jeune infortunée tomba dans un état de langueur, qui semblait devoir la conduire promptement à sa fin, malgré qu'elle fût grande-prêtresse ; car il n'est aucun pays sur la terre où l'Eternel ait dispensé ses ministres du pouvoir de la douleur et de l'empire de la mort. Un privilége de bonheur et d'immortalité en eût bientôt fait des serviteurs rebelles, et l'importance des devoirs qu'on a à remplir sur la terre, n'est qu'une raison de plus pour aller en rendre compte à celui de qui émane toute puissance.

Malgré qu'Evélina eût appelé Amédée ingrat et parjure, elle lui pardonnait cependant; d'abord elle n'était pas capable de haïr. Quelle est, d'ailleurs, la femme sensible qui peut en vouloir à son amant à l'instant où elle croit mourir. L'ame la plus impitoyable est bien alors susceptible d'être attendrie. Oui, je ne sais si la mort est un malheur ou un bienfait; mais si son approche est effrayante, elle a néanmoins quelque chose de bien respectable, puisque le sentiment qui la précède est presque toujours le désir de pardonner. Quoiqu'il en soit, Evélina voulait que, si Amédée revenait, conduit par le repentir (et jamais elle ne lui fit l'outrage d'en douter), elle voulait, dis-je, qu'il trouvât, du moins, un souvenir de celle qu'il avait aimé.

Non loin du village qu'elle habitait, elle avait souvent admiré un tapis de verdure environné d'ormeaux touffus et

de chênes antiques dont la cime orgueil-
leuse ne se courbait qu'en frémissant
devant la tempête. Ce lieu était d'un
sombre obscur, et sa solitude eût été
effrayante pour une ame qui n'eût pas
été brisée par la douleur.

C'était là qu'Evélina était venue souvent pleurer Amédée; ce fut ce lieu
qu'elle choisit pour être son tombeau.
Elle environna un petit espace de cyprès naissans, qu'elle planta elle-même;
elle y ajouta des roses blanches entre-
mêlées de quelques pensées. Il y vien-
dra, disait-elle en pleurant, il exami-
nera quel a été le choix des arbres et
des fleurs qui borderont mon tombeau.
Le cyprès est l'image de la douleur et
de la mort; la pensée est l'ame du souvenir; la rose blanche (1) lui rappellera

(1) On me demandera peut-être s'il y a
des roses blanches dans le Canada. Qu'im-

2

cette vertu qu'il a voulu flétrir ; et il se dira : C'est sa vertu qui l'a fait mourir ; peut-être ajoutera-t-il, c'est moi qui en suis la cause !.... Alors elle fondait en larmes : mais cette douce vengeance, conforme à la situation et à la bonté de son ame, ne l'empêchait pas de songer toujours à la conservation de celui dont l'ingratitude l'arrachait prématurément à la vie ; et lorsqu'elle fit promettre aux habitans de son village de lui donner pour tombeau le lieu qu'elle avait choisi, elle leur dit : « Si ce jeune étranger, que vous avez vu ici le jour de la fête de la Valeur, revient une seconde fois, vous le conduirez à mon tombeau, mais vous ne l'y laisserez jamais seul ! »

Ames sensibles, appréciez ce trait de

porte, Evélina dut s'en procurer aisément, les racines étaient dans son cœur.

bonté; il n'y a qu'une femme qui puisse en être capable !

Evélina, sentant ses forces décliner de jour en jour, voulut visiter encore son futur tombeau. Il était midi, et elle se mit en marche : ce soir, se disait-elle, j'y aurais été pour la dernière fois, avant celle où j'irai pour toujours.

Arrivée au bosquet, elle écrivit sur l'écorce d'un jeune ormeau, voisin du lieu qui devait être son dernier azile, les mots suivans :

Qu'ici repose en paix Evélina, âgée de dix-sept ans, née Anglaise, élevée en France, et amie des Français.

Elle était fille de sir John-Edouard Muraire, colonel d'un régiment de cavalerie anglaise, et de Sophie Derceval.

Elle mourut dans ces déserts, victime de la fatalité ; mais elle mourut sans remords. Priez pour elle.

Après avoir rempli ce triste devoir, elle retourna au village.

Cependant, Amédée arrive avec sa troupe. Il se précipite aux pieds d'Evélina ; il y serait mort peut-être s'il n'avait pas voulu vivre pour la sauver ; le danger pressant qui la menaçait, la nécessité de prendre promptement des moyens de défense, l'agitation résultant de tant d'inquiétudes réunies, l'empêchèrent de remarquer l'effrayante pâleur qui couvrait le visage d'Evélina, ou plutôt il ne l'attribua qu'au saisissement qu'avait dû lui causer son arrivée imprévue.

Amédée avait déjà obtenu son pardon,

qui lui semblait être un gage assuré de la victoire ; mais la vue de son amante lui fait encore plus vivement sentir le danger de s'endormir au sein du bonheur : il lui annonce qu'il est instruit, qu'une horde de brigands (c'est ainsi qu'il les qualifie) va se précipiter sur le village pour le mettre à feu et à sang, et en massacrer tous les habitans.

Evélina était à la fois courageuse et sensible ; elle fut la première à applaudir à la fureur de son amant, moins sans doute parce qu'elle devait être une des victimes de ce projet atroce, que parce qu'il était un grand crime ; mais craignant pour des jours qui lui sont devenus plus chers que jamais, elle veut augmenter les moyens de défense, et se revêtant des marques de sa dignité, elle parcourt tout le village, en ordonnant, au nom du ciel, une intrépide ré-

2 *

sistance. On obéit avec respect; on s'arme à la hâte ; Amédée examine le terrein, fait occuper les positions les plus avantageuses, et une heure s'est à peine écoulée, qu'on est déjà en mesure de recevoir l'ennemi. Il était tems; car de leur côté les Anglais n'étaient plus qu'à une portée de fusil.

Leur commandant jugea à propos d'envoyer d'abord quelques soldats à la découverte, et apercevant un espace vide au milieu d'un bosquet extrêmement touffu, il résolut de s'y cacher avec sa troupe jusqu'au moment de l'attaque; à peine y avait-il pénétré, qu'il remarqua avec surprise une petite plantation nouvelle, faite avec beaucoup d'art : il s'approchait pour l'examiner, lorsque le chant plaintif d'un oiseau, perché sur un ormeau voisin, lui fit lever les yeux. Des caractères tracés sur l'écorce attirèrent alors toute son attention ; mais comment vous peindre sa douleur, ou plutôt sa rage, lorsqu'il lut l'épitaphe qui avait été tracée par Evélina.

Vous trouverez très-légitime les transports auxquels il se livra, lorsque vous saurez que ce commandant était encore le colonel sir John-Edouard Muraire, père d'Evélina.

Quand la guerre fut déclarée entre l'Angleterre et les Etat-Unis, son régiment fut retiré d'Espagne, et envoyé dans le Canada, que le gouvernement anglais regardait devoir être un des principaux points d'attaque de l'ennemi (1).

_____

(1) Ce fut le colonel Muraire qui, lorsque sa troupe était poursuivie par celle d'Amedée, laissa tomber dans les broussailles le portrait d'Evélina qu'il portait toujours avec lui.

Le colonel Muraire croyait sa fille morte; comme il n'avait point eu de ses nouvelles depuis un an, malgré toutes les recherches qu'il avait pu faire, il s'imaginait qu'elle ne s'était évadée que par désespoir, et dans l'intention d'aller se jeter à la mer, ce qu'elle avait exécuté. Cette idée n'avait pu être détruite par la villageoise qui l'avait accompagnée dans sa fuite, car celle-ci, par l'effet de circonstances que j'ignore, n'avait également plus reparu.

Le colonel Muraire avait amèrement pleuré sa fille; cependant il n'avait pas été capable de se reprocher le patriotisme qui l'avait arrachée d'auprès d'un officier français pour l'offrir à un Représentant de la Chambre des Communes d'Angleterre. Mais quand il eut lu l'épitaphe que nous connaissons, il s'imagina qu'Evélina avait été conduite dans ces déserts par des événemens qu'il ne pouvait deviner. Comme la douleur est toujours effrayante dans son obscurité, et que d'ailleurs ici le voile paraissait être déchiré, il regarda comme certain qu'elle reposait dans ce tombeau, et qu'elle avait été immolée par les sauvages : il allait même jusqu'à s'imaginer que cette grande-prêtresse, dont on lui avait parlé, devait l'avoir fait servir de victime à quelques-uns de ses horribles sacrifices ; car il supposait encore (l'emportement de la douleur est le plus exagérateur de tous les sentimens), il supposait, dis-je, que cette prêtresse de sauvages ne pouvait être qu'un monstre de barbarie. Alors, ne consultant plus que ses idées de vengeance, il fit de suite attaquer le village, en donnant ordre de ne rien épargner. D'un côté, un père furieux qui croit venger sa fille ; de l'autre, un amant plus furieux peut-être, puisqu'il défend sa maîtresse contre des gens qui s'annoncent comme des as-sassins : une pareille lutte ne pouvait être que terrible ; aussi, dès le premier choc, le sang ruissela-t-il de toutes parts.

Cependant un soldat américain, au moment de l'attaque, s'écria : Voilà les Anglais. Ce cri fut entendu par Evélina. Comment ! les Anglais ! s'écria-t-elle à son tour ; mais je suis Anglaise ! Ce sont mes compatriotes ! Je ne veux point concourir à leur destruction. Amédée, m'auriez-vous trompée ! Arrêtez, je vous en conjure ! En disant ces mots, elle volait sur-le-champ de bataille, et se précipitait devant les coups. Elle était couverte du grand voile noir qu'elle por-tait dans les jours de cérémonies.

Sa vue frappe soudain les yeux du colonel Muraire, dont la fureur était portée à son comble, en voyant que les siens commençaient déjà à plier. Mânes de ma fille, s'écria-t-il, reçois la victime que je vais t'immoler! Elle n'est pas digne de toi, sans doute, mais du moins elle pourra satisfaire ma vengeance! A peine a-t-il achevé ces mots, qu'il se précipite sur la grande-prêtresse. Déjà, par un coup terrible, il se flatte de l'avoir privée de la vie; mais le ciel, qui respecte ses cheveux blancs, ne veut pas que son bras généreux soit souillé par un infanticide : le sein qu'il a frappé est celui d'Amédée, qui, plus prompt que l'éclair, s'est précipité au-devant du fer meurtrier qui menaçait sa maîtresse. Evélina entend les soupirs d'Amédée; elle arrache son voile; la reconnaissance est entière; des cris confus d'étonnement et de désespoir, se font entendre; le combat est suspendu.

CHAPITRE IX.

Qui serait le dernier si le père d'Evélina avait été raisonnable. — Désastre affreux dont il est la cause.

Le premier objet dont on avait à s'occuper c'était d'Amédée, les explications ne pouvaient avoir lieu qu'après ; les assistans remarquèrent même qu'Evélina n'avait embrassé son père que lorsqu'elle avait été bien assurée que la blessure de son amant n'était pas mortelle ; cette blessure était même assez légère, le fer n'ayant fait que glisser sur la poitrine ; une fois que la certitude en fut acquise le colonel et sa fille s'exprimèrent mutuellement leur étonnement, leur tendresse et leur bonheur, Evélina répandit

des larmes en abondances et avec beaucoup de facilité ; le colonel en fut touché
au point qu'il sentit deux ou trois fois
quelques goutes humides s'échaper de
ses paupières ; mais il s'indignait en s'a-
percevant que c'étaient des pleurs ; il
prétendait qu'un militaire anglais ne devait jamais en verser ; fidèle à son caractère d'originalité lorsqu'il voulut témoi-
gner son regret à Amédée, il commenca
par lui dire : Ce n'est pas vous que je
comptais frapper ; Amédée allait lui demander s'il aurait préféré tuer sa fille,
mais il en fut empêché par la phrase
plus singulière encore qu'ajouta le colonel : Vous vous rapellez bien la grande
place de Londres, lui dit celui-ci, et
ce que votre étourderie a pensé me cou-
ter, mon bras gauche a reçu deux balles
pour vous, je ne m'en sers qu'avec beaucoup de difficulté, eh bien ! cependant, si
jamais vous vous trouvez à pareille fête,

3

et que j'y sois présent , j'essayerai encore de vous sauver quand bien même je devrais compromettre mon bras droit et me mettre par là dans l'impossibilité de manier un sabre de ma vie : ainsi vous voyez combien je vous considère, et jusqu'à quel point j'ai le désir de réparer mon tort involontaire , car il est impossible , vous en conviendrez , que le dévouement puisse aller plus loin de la part d'un militaire comme moi.

Amédée s'inclina en souriant , et sans doute il disait en lui même , Dieu me garde d'un pareil bienfait ; au reste le colonel lui rendait des soins très-assidus ; il était même assez bon pour déplorer quelquefois, avec sa fille , la fatalité des circonstances qui avaient voulu que des hommes faits pour s'estimer eussent cherché à s'entre détruire. Qu'on ne s'imagine pas néanmoins que ces réflexions lui donnassent des idées vraiment libérales sur la nature de cette affection qui embrasse indifféremment, dans son étendue et dans ses rapprochemens, tout ce qu'il y a de gens estimables dans l'univers. Il était toujours, sous ce rapport anglais, exclusivement anglais; et lorsqu'Amédée, une fois guéri, lui demanda la main de sa fille pour achever de cicatriser sa blessure, il reproduisit les mêmes argumens qu'il avait fait valoir en France, quand il arracha, pour ainsi dire, Evélina de l'autel de l'hymen où elle se disposait à monter. Mais la situation d'Evélina devenait cette seconde fois beaucoup plus critique que la première. D'abord, c'est qu'elle n'était pas disposée à avoir autant de patience; ensuite, c'est qu'Amédée était décidé à ne pas en avoir du tout. Il annonça même son intention d'une manière si positive, et si violente, qu'Evélina dont la vertu avait toujours les premiers sentimens, crut devoir s'occuper de son père avant de songer aux intérêts de son amour.

Outré d'un si bizare refus ; résolu de posséder sa maîtresse, ou de mourir, Amédée ne se proposait rien moins que de demander raison au colonel, de son étrange procédé.

Evélina pressentit ses funestes projets. Attendez-vous lui dit-elle, à ma haine la plus implacable, ou jurez-moi, que vous ne ferez jamais aucune insulte à mon père, à cause de moi.

Amédée fut bien obligé d'engager sa parole, mais s'il promettait à Evélina de ne jamais insulter son père à cause d'elle, il ne s'obligeait pas également à n'en rien faire, à cause de lui.

Subtilité funeste, plus digne d'un procureur, que d'un militaire, mais que lui inspira secrétement le sentiment de la colère, parce qu'elle lui ménageait toutes les chances de la susceptibilité française.

Cependant Évélina un peu plus tranquille, épuisait auprès de son père tout ce que la tendresse filiale peut avoir de plus respectueux, la douleur de plus touchant, le désespoir de plus sinistre, ce fut en vain. La seule idée d'avoir un gendre né en France lui paraissait un insulte pour l'Angleterre, et on aurait comblé le détroit de la Manche, plutôt que débranler le cœur de cet inflexible patriote. Lorsque sa fille lui peignait les vertus d'Amédée avec cette force d'expressions, cette chaleur de raisonnemens qui lui étaient naturelles, mais auxquelles l'amour prêtait encore de

3*

nouveau charmes. Il lui répondait gravement : J'en conviens avec vous, je n'en demanderais jamais un autre, s'il était Anglais! Ces mots *s'il était anglais,* répétés à plusieurs reprises furent entendus par Amédée; il crut à son tour, ou feignit de croire, qu'ils étaient une insulte pour la France : s'il ne portait pas les choses aussi loin que le colonel, il n'était pas homme à laisser inpunément outrager le nom de sa patrie; cependant je crois que c'est ici le cas d'appliquer la réflexion que je viens de faire tout-à-l'heure, celui qui s'est chargé de dire la vérité doit être cosmopolite : il est donc fortement à présumer que dans ce moment, l'amour de sa maîtresse, et celui de sa vengeance se confondaient dans son cœur avec l'amour de la patrie ; et, qu'il était bien aise de trouver un prétexte légitime en apparence, pour être dispensé de la promesse qu'il avait faite à Evélina de respecter son père ; en conséquence , il chargea quelqu'un dont il connaissait la discrète fidélité , de remettre le lendemain matin au colonel , un cartel dont nous verrons bientôt le contenu. (Il le fit d'une manière tellement insultante, qu'il ne pouvait laisser aucun espoir de rapprochement , et c'était là ce qu'il voulait.)

Ainsi l'esprit national (supposé que ce fut lui qui exaspéra Amédée ,) faisait faire des deux côtés beaucoup de sottises, et ce n'était pas son coup d'essai.

Cependant , il y avait quinze grands jours que le colonel et Amédée étaient arrivés au village ; les troupes respectives désiraient de tout leur cœur que la querelle de leurs commandans fût très-longue à terminer; car elles étaient

logées chez l'habitant qui leur prodi-
guait à discrétion, et avec amitié, toute
espèce de vivres ; et si le succès des
grands événemens fait la gloire des gé-
néraux, la bonté des cantonnemens fait
le bonheur du soldat; aussi c'est surtout cela qu'il considère dans la guerre.
Quoiqu'il en soit, le colonel pensa en
frémissant qu'il manquait à ses devoirs.
Il est vrai que sa troupe était fatiguée,
et avait peut-être eu besoin de repos ;
mais un repos de quinze jours lorsque
la patrie réclamait son bras et celui de
ses soldats, ne pouvait convenir qu'à
un traître ou à un lâche. Sans la cir-
constance extraordinaire dans laquelle
il s'était trouvé, ces idées eussent été
justes au fond; mais les mots de traître et de lâche sont tellement affreux
pour le cœur d'un brave militaire, qu'il
lui est horrible de paraître seulement
un instant les mériter.

Le colonel espérait qu'en retournant an Canada la fortune lui offrirait quelque occasion de réparer glorieusement sa faute, et il donna secrètement des ordres pour le départ, qu'il fixa au lendemain matin.

Il se garda bien cette fois de consulter sa fille; il ne doutait pas qu'il n'eût éprouvé de sa part, sinon une opposition formelle, du moins des observations très-fortes, dont le désespoir aurait fait les frais, ce qui aurait occasionné des éclats qui auraient pu attirer Amédée, et en outre exciter parmi les habitans un soulèvement en faveur de leur Prêtresse; le colonel désirait vivement éviter le plus léger malheur. S'il était entier dans ses idées, il n'en était pas moins humain. Il faut bien se garder de confondre l'opiniâtreté du caractère avec la méchanceté; mais comme il avait les formes un peu brusques, il se proposait seulement de faire lever sa fille à la pointe du jour sur un prétexte quelconque, et de la faire emporter par quatre soldats qui la porteraient dans une voiture où on la tiendrait enfermée jusqu'à ce qu'on eût perdu la crainte d'être poursuivi.

Lorsque ce plan fût arrêté, son patriotisme fût plus tranquille et lui procura un paisible sommeil. Il se levait à quatre heures du matin, avec cette sérénité d'ame qui distingue les grands hommes qui se croient à l'aurore d'une belle journée, lorsqu'on frappa à sa porte, il ouvrit, et un soldat Américain lui remit la lettre d'Amédée, elle était conçue en ces termes :

« Monsieur le colonel anglais,

« On ne se joue pas impunément

« d'un militaire français, et vous voulez
« vous jouer de moi.

« Le cœur de votre fille m'était
« donné, sa foi m'était promise, nous
« marchions à l'autel; lorsque vous l'a-
« vez violemment arrachée presque de
« mes bras. Voilà mon premier grief
« contre vous.

« Il est vrai que depuis vous vous êtes
« exposé pour me sauver la vie; mais
« j'en avais fait autant pour vous, ainsi
« sur cet article là nous sommes quittes.

« Je vous pardonnerais volontiers ma
« dernière blessure, si vous ne l'eussiez
« pas portée en croyant poignarder une
« femme.

« Je vous pardonnerais même jus-
« qu'au refus que vous me faites de

« votre fille par la raison que je suis
« français, si les anglais valaient effec-
« tivement mieux que les français; mais
« vous m'avez fourni la preuve du con-
« traire, car celui qui ne sait se venger
« d'une défaite qu'en venant massacrer
« des habitans paisibles, ne peut avoir
« une véritable idée du courage; je crois
« donc vous faire beaucoup d'honneur
« en vous déclarant que je suis décidé
« à me battre à mort avec vous, non
« pas parceque vous m'avez insulté ;
« mais seulement en réparation de vos
« continuels outrages envers la France.

« Trouvez-vous à la pointe du jour
« avec votre épée, près du bosquet où
« votre malheureuse fille avait préparé
« son tombeau.

« Votre serviteur,

« AMÉDÉE. »

Le colonel pendant cette intéressante lecture, fût obligé de s'arrêter plusieurs fois pour essuyer l'écume qui lui sortait de la bouche; mais la chambre où couchait sa fille n'étant pas fort éloignée, il contint les imprécations que sans cela il n'aurait pas manqué de vomir contre Amédée, et à l'exception de trois ou quatre coups de poings qu'il frappa rudement sur une table, il prit assez tranquillement son épée. « Voilà encor mon départ retardé, dit-il; mais puisque je suis obligé de tuer auparavant ce malheureux, (et au fond il en avait regret), tâchons au moins que ce soit tout de suite. »

Il était quatre heures cinq à six minutes du matin; on était alors au commencement de mars, et le rendez vous était donné pour la pointe du jour; ainsi il y avait encore deux bonnes heures à attendre; mais l'irréflexion, en pareil cas, entrait fort bien dans le caractère du colonel, il s'imaginait sans

Evélina, t. II.   4

doute que le jour allait naître plutôt que de coutume exprès pour éclairer sa fureur ; au risque de se casser la tête contre les arbres , avant d'avoir atteint le champ de bataille , il se mit en route , et quatre heures et demie sonnaient à peine quand il arriva au bosquet.

Amédée ayant été le provocateur, il était au moins naturel qu'il fût poursuivi par quelque démon pareil à celui qui tourmentait le colonel ; aussi, était-il déjà rendu au lieu du rendez-vous.

Les deux champions se reconnurent sans se voir et sans parler , par le seul instinct du désir de la vengeance ; mais chacun d'eux ne put s'empêcher de dire tout bas : *Diable ! il est exact.*

Ce morne silence dura aussi long-tems que l'obscurité. Il fut cependant interrompu deux ou trois fois par cette seule phrase : *Je crois qu'il est jour.* — *Je le crois aussi*, répondait l'un ou l'autre. Aussitôt on se mettait en garde , et on croisait l'épée ; mais comme ils s'apercevaient de suite qu'ils seraient réduis à s'entregorger dans les ténèbres, il faut attendre disait-ils, avec l'accent de la fureur : ils replaçaient l'épée dans le fourreau, et chacun se promenait alors de son côté.

Enfin le crépuscule vint prêter à la nature sa faible lumière. *Ah ! voilà le jour*, s'écrièrent-ils tous les deux à la fois! Ils se rapprochèrent l'un de l'autre, et se regardèrent. Si j'étais artiste en portraits, j'aurais peint ce premier regard tel que j'imagine qu'il dût être, et j'aurais joint ici la gravure ; mais je ne suis qu'un petit romancier, et mon burin de littérature n'est pas de force à graver un pareil tableau.

Les passions perdent de leur intensité au moment où l'on devient certain de les satisfaire ; aussi, lorsque le colonel et Amédée furent bien assurés que c'était le jour, et qu'avant peu ils pourraient mesurer leur épée, ils résolurent d'un commun accord d'attendre que l'horizon fût éclairé de manière à distinguer parfaitement les objets. Outre qu'ils avaient tous deux ces principes d'honneur, qui défendent aux braves de se battre dans l'ombre, ils étaient également jaloux de bien y voir pour. mieux porter leurs coups.

Pendant cette espèce d'armistice, nous pouvons retourner au village, en attendant que les hostilités commencent.

Evélina avait entendu du bruit dans la chambre de son père, au moment où celui-ci avait frappé sur la table, après avoir lu la lettre d'Amédée. Elle avait jugé qu'il s'était levé avant le jour, ce qui lui était assez ordinaire ; elle n'en avait été nullement allarmée ; elle pensait même que cela pourrait presser l'exécution d'un très-grand projet qu'elle avait conçu de son côté. Ce projet était de profiter du premier moment où son père serait seul, pour aller se jeter à ses pieds ; et là, faire un nouvel et dernier effort pour l'attendrir. Dans le cas où il serait infructueux, elle avait résolu d'y mourir.

Il faut bien se garder de plaisanter sur cette résolution. Très-souvent celles de ce genre sont factices; ici elle était véritable.

Lorsqu'une ame douce prend un parti violent auquel sa sensibilité la détermine, et qui ne peut nuire qu'à elle-même, assez ordinairement elle y tient jusqu'à la mort, et cette espèce de courage vaut bien celui des deux champions que nous avons laissés en présence. Ainsi, nous voyons que de sinistres augures planaient également sur la tête de trois personnes que toujours nous avons désiré pouvoir rendre heureuses.

Cependant le jour parut pour Evélina, comme il avait paru pour son père et son amant, et ce moment était celui qu'elle avait fixé pour l'exécution de son projet. Elle se lève en soupirant, et après avoir adressé au ciel une humble prière, elle se revêt d'une robe modeste,

et s'achemine vers la demeure pater-
nelle. Sa démarche n'a rien de précipité,
parce que sa résolution n'a rien qui
tienne à l'irréflexion, ou à la colère ; ses
regards ont leur sénérité accoutumée ; le
sourire de la douceur effleure ses lèvres,
et cependant elle est résolue à mourir...
Tel est l'heureux privilége de la vertu ;
la paix l'accompagne jusqu'au tombeau,
où le malheur la conduit comme sa victime.

Evélina trouva la chambre déserte :
saisie d'une terreur secrète, elle porta
ses regards inquiets sur l'endroit où son
père plaçait ordinairement son épée.
Elle n'y était plus. Sans découvrir encore la vérité, elle la soupçonne, et le
seul soupçon est affreux... Elle s'élance
de la chambre ; bientôt elle a dépassé le
village, et le ciel, qui prévient quelquefois les malheurs, l'a conduit au lieu
où son père et son amant se livraient un
combat singulier, tellement acharné,
qu'il eût pu servir de modèle aux plus

célèbres paladins du tems de Charle-
magne.

Evélina les voit, et se précipite. Nulle
considération ne l'intimide ; nulle crainte
n'est capable de l'arrêter. D'une main,
devenue à la fois irrespectueuse et té-
méraire, elle repousse à la fois son père
et son amant; elle saisit la pointe de
leurs épées qu'ils cherchent encore à
réunir; elle se perce légèrement le bras
avec l'un et l'autre des armes meurtriè-
res ; mais elle veut que son sang coule ;
elle veut qu'il puisse être vu par eux ;
et elle semble, par-là, leur dire : Ceci
n'est que le prélude ; et si vous conti-
nuez ce combat funeste, c'est bientôt
mon cœur que je vais percer.

Edouard et Amédée s'arrêtent ; ils
demeurent un moment suspendus entre
la pitié et la fureur. Cependant tel est
l'excès de leur rage, que le dernier sentiment l'emporte encore. Ma fille ! s'é-
cria le colonel, d'une voix terrible, non
contente d'aimer un Français, et celui

qui veut être mon meurtrier, venez-vous encore pour m'empêcher de le punir, ou même de me défendre! Fille imprudente, retirez-vous!

Evélina! s'écriait à son tour Amédée, celui qui m'a ravi votre main, quand votre cœur m'était donné; celui qui nous condamne tous les deux à mourir de douleur et d'amour; celui qui outrage ma nation, et qui m'outrage moi-même, lorsque je lui ai sauvé la vie, ne saurait être qu'un lâche qui a cessé d'être digne du nom de votre père. — Non, s'écria Evélina, en saisissant encore leurs épées qui, au mot de lâche, s'étaient croisées de nouveau; non, je ne viens point ici pour contribuer à un crime; je viens pour vous empêcher d'être deux assassins...

Qu'on ne soit pas surpris de la violence de cette exclamation; sa douleur vait le caractère du désespoir; et le désespoir qui naît de la vertu, prend quelquefois l'accent de la rage, quoique ces deux sentimens soient directement opposés, ce n'est que dans leurs effets qu'ils cessent de se confondre.

Le désespoir d'Evélina avait pour but de sauver son père et son amant au risque de sa vie, et forte du sentiment de sa conscience, il n'est point d'excès de fureur auxquels elle ne se fût livrée pour remplir cette tâche héroïque. Pour la gloire de l'humanité, la vertu a son audace qui ne craint point celle de la fureur.

Evélina, couverte de sang, tenait dans ses mains leurs épées, qu'ils cherchaient toujours à lui arracher. Indignée de leurs coupables efforts, elle présente les deux pointes à son cœur, et se dispose à avancer sur eux. Epouvantés, à leur tour, ils reculent en frémissant; mais quelques gouttes de sang couvrent déjà le sein d'Evélina. Elle avance toujours. Tout-à-coup le tonnerre se fait entendre; le vent du Nord agite une immense forêt qui les environne; les arbres , qui sont autour du tombeau qu'Evélina s'était préparé, semblent être plus particulièrement le siége de la tempête, et le bruit qu'ils produisent ressemble à des gémissemens prolongés. Un oiseau , dont le cri est sinistre , se perche de nouveau sur cette rose blanche qu'Evélina planta de ses propres mains; un autre vole à l'entour du cyprès ; la terre elle-même n'est pas tranquille : elle semble vouloir préparer quelque bouleversement, dont la cause souterraine réside encore au lieu même qui devait être le tombeau d'Evélina. Tous ces phénomènes avaient été ordonnés par le créateur ; ils furent l'ouvrage d'un moment; ils étaient de nature à augmenter ce respect qu'ils impriment toujours pour la Divinité ; mais cette fois leur plus beau triomphe fut d'attendrir ou d'épouvanter nos farouches combattans.

Le colonel était placé de manière à avoir devant les yeux l'enceinte plantée de cyprès, que sa fille avait choisi pour être sa dernière demeure ; ce fut donc lui qui comprit le premier le sens de ces augures qui le frappèrent des pressentimens les plus sinistres.

Crédule et craintif, pour la première fois, il baisse, en tremblant, la pointe de son épée; aussi pour la première fois!... Les gouttes de sang qui s'échappent du sein d'Evélina, lui paraissent autant de torrens qui vont rejaillir sur lui, pour les éviter il se recule; un nuage épais obscurcit ses yeux, et il va mesurer la terre comme s'il eût été frappé d'un coup mortel. Le sentiment ne l'a pas abandonné; mais le cœur est bouleversé, et la nature est défaillante.

Amédée, toujours généreux, veut lui donner des secours; mais en même tems qu'il avance, il regarde Evélina. La pâleur qui couvre son visage; la blessure qu'il aperçoit à ce sein charmant, qui ne devait être que le siége des amours, sont autant de témoins qui lui reprochent son crime ; la fureur s'évanouit ; l'amour la remplace ; et le remords assiége l'amour.

Amédée, vaincu à son tour, chancèle ; et tombe non loin du redoutable colonel.

Evélina, qui, malgré sa pâleur, avait conservé tout son sang-froid, jugea, avec beaucoup de raison, qu'il était moins dangereux pour eux d'être tombés à terre sans avoir de mal, que d'être restés debout avec la volonté de se percer le cœur ; elle se garda bien de leur prêter aucun secours ; elle ne désirait, au contraire, rien tant que de voir leur évanouissement durer jusqu'à ce que leur colère fût passée. Cependant, entendant son père qui lui adressait quelques mots entrecouppés, elle jugea à propos de profiter de cette foiblesse, qui dispose quelquefois une ame inflexible à cesser un moment de l'être. Elle savait que son père ne violerait jamais sa promesse, quand bien même elle lui aurait été arrachée, et qu'il en aurait regret. Déterminée aux plus nobles sacrifices, son bonheur personnel n'est plus rien à ses yeux. L'amour, chez une âme véritablement délicate, est le plus généreux de tous les sentimens, et celui qui s'absorbe le moins en lui-même.

Mon père, dit Evélina en s'approchant respectueusement du colonel, ne parlons pas de ce qui vient de se passer; pardonnez-moi ma fureur; je ne pense plus à ma blessure. Je suis prête à vous suivre aujourd'hui même, partout où vous voudrez me conduire; je suis prête à renoncer à l'amour d'Amédée; mais j'ose y mettre deux conditions : c'est que vous ne me forcerez jamais à en épouser un autre; et que vous pardonnerez à mon amant. J'ignore quelle est la nature de son offense. — Elle est trop grave, dit le colonel d'une voix à la fois basse et sombre, il m'a traité de lâche! Cette exécrable injure ne se pardonne jamais qu'à celui qu'on a plongé

5

dans le tombeau. — Hélas! lui répondit Evélina, que sa bonté rendait malicieuse, regardez-le couché sur la poussiére! Sans doute il n'est pas loin de son dernier soupir. — Ah! dit le colonel, je l'ai donc tué sans m'en apercevoir : en ce cas, je lui pardonne; et toi, ma fille, puisque tu consens à me suivre, et à renoncer à la France, et même au souvenir d'Amédée, je te renmènerai dans notre patrie, qui est le pays de la liberté; et je te promets que tu y jouiras de celle de ton cœur.

Le colonel, en achevant ces mots, lui fit signe qu'il se trouvait fatigué, et mettant la main devant ses yeux, il parut méditer profondément, ou chercher quelques instans de sommeil.

Les choses étant ainsi arrangées de ce côté, il ne restait plus qu'à faire capituler l'amant. Me reconnaissez-vous? dit d'une voix basse Evélina, en s'approchant de lui. — Et vous, me pardonnez-vous? répondit le triste Amédée;

et il tournait vers la terre des yeux où
se peignaient la honte et le désespoir.
Evélina voulut encore profiter de ce moment; car la honte dispose au repentir,
et le repentir à la faiblesse. Amédée,
reprit-elle, mon père vient de me promettre de ne jamais forcer mon cœur.
Si votre amour est délicat, il doit être
satisfait; car je n'appartiendrai jamais à
un autre qu'à vous. — Mais serez-vous
à moi? reprit le pétulant militaire. Voilà
ce que je veux savoir! — Attendez, répondit la jeune anglaise, ne m'inter-
rompez pas, je vous en conjure; vous
avez insulté mon père; vous l'avez traité
de lâche; pourriez-vous être son gendre?
J'ai senti que la chose était impossible;
et moi, qui n'avais aucun reproche à me
faire, j'ai bien su me soumettre à ma
destinée; pourquoi lui seriez-vous re-
belle, vous qui êtes la cause de votre
malheur, et peut-être du mien.

Ces mots rendirent à Amédée sa fureur première. Il retrouva les forces qui

l'avaient abandonné. Il se leva tout-à-coup, en mettant la main sur la garde de son épée, et regardant d'un air farouche le colonel qui méditait toujours, il commença à murmurer les imprécations les plus terribles. — Jamais, disait-il, entrecoupant ses mots comme s'il eût été en délire, jamais... Je mourrai avant... dans ces déserts... dans ce lieu même... Le barbare périra plutôt sous mes coups.

Evélina, craignant que son père, sortant de son assoupissement, ne se crut plus dégagé de sa parole, en voyant Amédée plein de vie, et le menaçant encore, voulut faire un dernier effort sur le cœur de son amant ; mais les armes de la raison étaient émoussées pour le convaincre; désormais il fallait l'épouvanter.

Le regard de notre héroïne devint sombre à son tour ; sa voix, dont le timbre était si doux, parut sortir du creux de la poitrine, ou de l'antre d'une sibylle : Evélina, la modeste Evélina, que la vue de son amant suffisait pour faire rougir, prit tout-à-coup cette familiarité sinistre qu'autorise le désespoir.

Amédée, lui dit-elle en le saisissant avec force, veux-tu me suivre; et elle l'entraînait en disant ces mots : Peut-être, ajouta-t-elle, n'as-tu jamais osé considérer attentivement cette petite enceinte entourée de cyprès. Tu sais cependant que je l'avais préparée moi-même, et qu'elle était destinée à être mon dernier azile. Chaque jour le souvenir de ta perfidie, lorsque tu m'abandonnas dans ces déserts, parce que j'avais osé être vertueuse; chaque jour, dis-je, ce souvenir odieux venait m'aider à creuser mon tombeau. Je t'ai revu; je t'ai pardonné; le méritais-tu ? Rends toi justice... Aujourd'hui tu as insulté mon père; tu as voulu te baigner dans son sang; et moi, égarée par un sentiment que tu devrais m'avoir appris à abhorrer, je consens à te pardon-

5 *

ner de nouveau ; à t'aimer encore peut-
être, et tu ne me réponds que par de
nouveaux outrages envers mon père ;
par de nouvelles menaces d'asssassi-
nats ! Eh quoi ! cet amour dont tu te
vantes a donc besoin, pour n'être pas
sanguinaire, d'être au sein de la jouis-
sance ! Amédée, je t'en ai dit assez ; il
faut que tu me jures de respecter mon
père ; de t'éloigner de moi, et de ne pas
attenter à tes jours. De mon côté, je te
promets de n'avoir jamais un autre époux
que toi : prie avec moi le ciel qu'il puisse
nous réunir un jour !..... Si l'assurance
que je te donne ; si les vœux que je veux
bien former, ne suffisent pas à ton
cœur, ce ne sera point en vain que tu
auras préparé mon tombeau ; je vais y
descendre à l'instant même !... — Non,
Evélina, répondit Amédée ému jusqu'au
fond de l'ame, vivez pour la vertu, et
s'il est possible pour le bonheur ; mais
permettrez-moi de vous quitter à l'instant ; je sens que je ne pourrais sup-

porter plus long-tems votre présence.

Evélina n'osa le retenir; elle lui tendit, en soupirant, sa main qu'il baigna de ses pleurs, et il partit.

Cependant cette amante désolée se rapprocha de son père, qu'elle tira de son profond évanouissement, et qu'elle renmena au village. Les préparatifs du départ se firent de part et d'autre dans un morne silence; Amédée eut assez de force d'esprit pour ne pas essayer de parler à Evélina; il craignait de déchirer de nouveau son ame; il avait toujours devant les yeux l'idée du tombeau où il avait pensé la faire descendre.

Evélina ne l'aima jamais tant que dans ce moment où il se montrait si digne d'elle.

Le colonel, apercevant Amédée; il n'est donc pas mort? dit-il avec fureur. Que je regrette de lui avoir pardonné! Ma fille, vous m'avez trompé!... Mais sa parole était donnée, et sa parole était sacrée.

Les habitans les suivirent en pleurant jusqu'au sortir du village ; ils ne voulurent pas aller plus loin ; car leurs cœurs se partageaient entre Evélina et Amédée, et ce fut là que ces deux amans se séparèrent, désespérant sans doute de jamais se revoir.

Le colonel, dont l'humeur morose et farouche augmentait à chaque instant depuis qu'il voyait exister celui qui l'avait traité de lâche, prit la route du Canada, enmenant avec lui sa fille et sa petite troupe : Amédée partit de son côté à la tête des braves qui l'avaient si bien secondé, et son regard se porta une dernière fois vers celle qui emportait tout le bonheur de sa vie.

CHAPITRE X ET DERNIER.

Voyages. — Dénouement.

LE colonel, arrivé au Canada, obtint facilement sa retraite. La rencontre de sa fille, et les événemens extraordinaires qu'il avait éprouvés, firent excuser son retard. Il eût été difficile d'être sévère à l'égard d'un homme qui, depuis quarante ans, manquait au service militaire pour la première fois, et cela par l'effet de circonstances, pour ainsi dire, au-dessus de la puissance humaine. Il reçut donc du gouvernement, en partant, tous les témoignages d'estime qui étaient dus à sa bonne conduite et à son courage. Deux mois après il arriva avec sa fille en Angleterre. Evélina y vécut tranquille ; mais malheureuse.

Amédée conduisit sa troupe à Wasington ; et là, il quitta le service des Etats-Unis. Sa douleur avait changé de nature ; ce n'était plus le violent Amédée qui cherchait des distractions au milieu du tumulte des combats ; l'abattement avait succédé au désespoir ; la gloire elle-même n'était plus qu'une chimère aux yeux de cet homme, qui, jusqu'à ce moment, l'avait honorée encore plus que l'amour.

Il voulait mourir; mais il voulait mourir tristement en France, au lieu même où il avait connu Evélina. Après un voyage passé sans accident, il débarqua à Brest, et de-là il se rendit à la terre de madame Dufresne. Cette tendre cousine le croyait perdu pour jamais. La joie qu'elle éprouva à le revoir fut empoisonnée par le chagrin que lui causa l'état déplorable dans lequel elle le vit réduit. En effet, Amédée n'était plus reconnaissable. Ses joues étaient creuses; ses yeux étaient ternes; son teint était livide; tout annonçait que cette ame, jadis livrée aux doux sentimens de l'amour et du plaisir, n'était plus que l'asile de la douleur. Elle versa bien des larmes en entendant le récit de ses longues infortunes; mais elle essaya vainement de le consoler; chaque jour le mal faisait de nouveaux progrès, et tout annonçait l'approche de sa mort.

Madame Dufresne, désespérée de le voir périr à la fleur de son âge, partit

secrètement pour l'Angleterre. Elle
n'eut pas de peine à y découvrir la demeure d'Evélina. Elle la trouva aussi
plongée dans le deuil; son père n'avait
pu supporter le repos ; il avait demandé
à retourner à son régiment ; et il avait
été tué dans une affaire. Evélina, la sensible Evélina, pressa long-tems madame
Dufresne dans ses bras. Lorsqu'elle ap-
prit qu'Amédée mourait de douleur et
d'amour, elle ne put supporter cette af-
freuse idée ; et cependant, peut-être
s'en applaudissait-elle dans le fond de
son cœur, dès-lors que son amant existait toujours. Car l'amonr le plus tendre
est quelquefois le plus exigeant, pourvu
qu'il soit certain de l'effet qu'il produit;
il ne peut être très-inquiet des maux
qu'il cause ; car il sait bien qu'il a un
remède infaillible pour les guérir.

Je suis malheureusement libre, dit
Evélina à madame Dufresne, je partirai
avec vous pour la France, et nous réuni-
rons nos efforts pour rendre votre parent
à la vie.

(60)

L'aimable cousine d'Amédée l'embrassa mille fois en versant des larmes d'attendrissement et de plaisir. Evélina, avant son départ, trouva moyen d'obtenir la liberté du capitaine baron Curtin, auquel elle avait tant d'obligations, et que les événemens de la guerre avaient rendu prisonnier en Angleterre.

Ces trois personnes, déjà heureuses par cela seul qu'elles étaient réunies, mais plus heureuses encore par les espérances de l'avenir, débarquèrent ensemble à Calais, d'où elles arrivèrent promptement à la terre de madame Dufresne.

Je n'essayerai point à peindre l'entrevue de deux amans ; mon lecteur devine, avant que je lui dise, qu'Amédée fut promptement rétabli, et cependant il était à l'extrémité à l'arrivée de sa jeune amie.

On laissa passer le tems du deuil d'Evélina ; et nos amans virent enfin couronner aux pieds des autels une flamme si constante, et jusqu'alors si malheureuse.

Evélina ne crut pas changer de patrie, la France étant toujours celle qu'avait adopté son cœur. Il était presque impossible qu'Amédée et Evélina n'eussent pas des enfans. Au bout de quatre ans de mariage, ils en avaient déjà quatre; deux garçons et deux filles. Les filles seront bonnes et jolies, comme leur mère; les garçons promettent l'aimable vivacité de leur père, et la noble fierté de son caractère, à la fois sensible et valeureux. Amédée a hérité des grands biens qui appartenaient à son père; madame Dufresne et le baron Curtin n'ont pas voulu quitter ce couple charmant, et au moment où j'écris, ils jouissent, non loin de la capitale, d'une félicité dont on ne connaît jamais si bien le prix qu'après tant d'orages.

FIN.

6